L'ANTI ANGLOIS.

L'ANTI ANGLOIS.

Par M. DE MONBRON.

Maximè ſapientis eſt veritatem ab Opinione ſejungere, Cic.

A GLASCOW,

M DCC LXII.

PRÉSERVATIF
CONTRE
L'ANGLOMANIE.

LES préjugés dont on revient le plus difficilement ſont ceux que les gens d'eſprit nous font adopter. L'Eloquence a ſur nos cœurs des droits d'autant plus certains qu'ennemie en apparence de toute tiranie & de toute contrainte, elle n'employe pour nous maîtriſer que la ſeule perſuaſion.

Les Poëtes ont coutume de repréſenter Mercure avec des chaînes d'or qui lui ſortent de la bouche, pour nous apprendre que par la douceur de l'élocution & le charme de la parole on fait des hommes ce que l'on veut.

Philippe de Macédoine, craignoit plus les foudroïantes harangues de Demosthènes que les armes des Athéniens; ce n'étoit pas sans raison. En effet, par l'art séducteur du discours, par la beauté & l'énergie du langage, il n'est rien que l'on ne puisse persuader aux autres; & il n'est point de mal qu'un génie supérieur ne soit capable de causer, s'il abuse de ses talens & en fait un mauvais usage. Aussi l'éloquence fut-elle plus d'une fois proscrite chez les Romains. Sous l'empire de Domitien, tous les Orateurs furent banis de Rome par un décret autentique du Sénat.

On a remarqué de tous temps que les Novateurs, les chefs de secte & de parti, les esprits inquiets, & séditieux, entre leurs premieres qualités possedoient celle de s'énoncer parfaitement. C'eſt par une abondante facilité & par les graces de l'expreſſion, que le Cardinal de Retz trouva le ſecret d'ameuter tout Paris ſous le miniſtére de Mazarin. Mais ſans remonter aux ſiécles paſſés, n'avons-nous pas ſous nos yeux mille exemples vivants du pouvoir que les eſprits du premier ordre exercent ſur le commun des hommes ? Leurs ſentimens & leurs goûts ſont la régle abſolue des nôtres : nous avons beſoin de leur attache pour penſer & juger ; & s'ils ſemblent quelquefois nous laiſſer la liberté de notre raiſon, c'eſt pour leur en faire hommage & nous ſoumettre à la leur.

Que de comptes le célébre, l'illuſtre, le grand Volt. n'aura-t-il pas à rendre à Dieu au ſujet du nombre prodigieux de cervelles qu'il a renverſées ! il n'eſt pas douteux que ſi cet homme incomparable ſe fût aviſé de faire un nouvel Evangile, il n'eût trouvé des Apôtres pour le prêcher, des Confeſſeurs & des Martirs pour le défendre. Arbître ſouverain de l'opinion, c'eſt à ſon tribunal ſuprême que ſont cités & jugés en dernier reſſort, le mérite, les vertus & les talents. Il fait ſortir à ſon gré les Héros & les Demi-Dieux de ſon cerveau creux & profond, comme Jupiter fit autrefois ſortir du ſien Pallas toute armée.

Ne l'a-t-on pas vû prêter à d'ingénieuſes fictions, le nom d'Hiſtoire, changer les faits, renverſer l'ordre des temps & inſtituer le régne des Anachroniſmes ? Mais, ſon plus grand miracle eſt la Métamorphoſe ſurprenante qu'il a faite des Anglois.

Ce peuple que l'on avoit toujours connu pour le plus orgueilleux, le plus jaloux du ſuccès de ſes voiſins, le plus intéreſſé, le plus ingrat & le plus féroce qui ſoit au monde, eſt, ſelon M. de Volt. le peuple le plus généreux, le plus magnanime, le plus fidéle à ſes engagements, le plus reconnoiſſant, le plus humain ; en un mot, le vrai modéle de perfection en tout genre. Le bon ſens à ſon avis n'habite que dans la grande Bretagne : c'eſt le Sanctuaire de la raiſon : la Patrie des Sages.

Une ſi reſpectable déciſion gagna aux Anglois des partiſans inombrables : on ſe mit à lire leurs Auteurs, à les traduire. Dieu ſait, ſi on les entendit. N'importe, on les trouva merveilleux. De plus, à l'imitation des Grecs qui paſſoient en Egypte, en Perſe, & juſque dans le fonds de l'Inde pour puiſer à la ſource des Sciences & des Arts, pluſieurs milliers de nos Citoïens volérent chez ces fiers Inſulaires : mais ils n'en rapportérent que des vapeurs, des élixirs pour détruire l'eſtomac & quelques étincelles de cet eſprit philoſophique qui enſeigne aux gens dégoûtés de la vie le beau ſecret de ſe pendre.

La conſcience ne devroit-elle pas reprocher à M. de Volt. de nous avoir conté tant de merveilles ſur le chapître de ces prétendus Catons ? Nous avons maintenant parmi nous un tas de fanatiques atrabilaires qui ſe fercient martiriſer par les Anglois. L'Académie même n'a pas été exempte de la contagion. Un fameux Grammerien de cette illuſtre Compagnie me dit un jour d'un ton très poſitif qu'il n'y a de véritables hommes qu'en Angleterre. On obſervera que c'eſt un Païs où il n'a été de ſa vie & dont il n'entend pas la Langue. Lui feroit-on injure de le comparer à un aveugle né, qui ſans aucune notion des couleurs ſe mêleroit de juger des différents effets du Prisme ?

Quelques-uns de nos beaux esprits fortifiés de l'autorité de M. de Volt. ont publié des observations sur les Anglois. M. l'Abbé le B.... a été de ce nombre. Il reproche à M. de Muralt d'avoir ajouté foi à des oui-dire, & d'avoir osé prononcer sur des témoignages si suspects : sa critique est très judicieuse ; mais je suis surpris qu'en la faisant, il ne se soit pas apperçû qu'il fournissoit à ses Lecteurs des armes contre lui-même.

On sait que M. l'Abbé le B... n'a pas assez demeuré en Angleterre pour se flater de connoître un peuple qu'il n'est pas aisé d'approfondir dans plusieurs années d'études. D'ailleurs supposé qu'il l'eût pû dans le court espace qu'il y est resté : étoit-il à portée de le faire à la campagne du Duc de Kinston où il a presque toujours été ? Croira-t-on jamais que ce sera chez un Seigneur & quelques particuliers de son voisinage que l'on verra le fort & le foible d'une nation ; que l'on découvrira ses usages, ses coutumes, ses vertus & ses vices ; en un mot, ses bonnes qualités & ses ridicules ? Assûrément, si M. l'Abbé l'a pensé, on peut dire malgré tous les égards qui lui sont dûs, qu'il s'est trompé.

Que M. le B... se soit mis au fait de la vie Œconomique, ou de la façon dont on chasse le Renard : qu'il ait vû dans ces sortes de divertissements des nobles campagnards franchissant sur leurs coursiers fossés & barriéres se rompre le cou, comme la chose arrive fréquemment, personne ne le contredira là-dessus. Mais que d'un ton décisif & affirmatif il prétende nous éclairer & nous apprendre ce qu'il n'a pû savoir par lui-même, c'eſt ce qui ne s'accorde pas avec la modeſtie que chacun lui connoît. Ne valoit-il pas mieux pour ſon honneur & la ſatisfaction du Public qu'il avouât ingénûment dans un petit bout de préface que la matiére ne lui appartenoit pas, qu'il ne faiſoit que lui prêter les ornements & les graces de la diction; enfin qu'il n'étoit point garant de l'exactitude & de la vérité des remarques de l'Abbé H....? un pareil aveu l'auroit mis à couvert de toute cenſure, & il n'auroit pas moins joui de la gloire que lui a ſi juſtement mérité un livre auſſi bien écrit que le ſien.

Quelques traits ſuffiront ici pour donner une idée exacte de la profondeur & de la ſagacité de ſes découvertes.

M. l'Abbé le B... dit que les Anglois ſont nos maîtres dans les connoiſ- Lett. Ire.

noiſſances les plus utiles à la Société.

Il auroit dû, ce me ſemble, nous apprendre qu'elles ſont ces connoiſſances. Quant à moi, j'avoue que j'ai l'eſprit aſſez bouché pour ne le pas deviner. S'il prétend déſigner l'agriculture qui eſt en effet la plus eſſentielle & la plus néceſſaire de toutes les ſciences, il devroit ſavoir que les Anglois nous doivent en partie les progrès de la leur. S'il veut parler des Manufactures, des Arts; peut-il ignorer qu'avant la revocation de l'Edit de Nantes on ne ſavoit pas faire un chapeau en Angleterre; que ce ſont nos Citoïens expatriés qui l'ont enrichie de notre travail & de notre induſtrie; que ce ſont eux qui ont éclairé l'Europe, & qu'avant cette triſte époque nous étions les pourvoïeurs de tout le monde. M. l'Abbé le B... devroit ſavoir encore que malgré la plaie conſidérable qu'un tel événement a fait au corps de la Nation, nous l'aurions oublié il y a long-temps, ſi la ſenſibilité & la compaſſion qu'on doit aux malheurs de ſes ſemblables ne nous en rappelloit le ſouvenir.

Nos Entouſiaſtes s'évertuent envain à nous déprimer & nous rabaiſſer. De quel poids peuvent être leurs déclamations & leurs clameurs contre l'évidence ? Le moïen le plus ſûr de les convaincre d'entêtement & d'opiniâtreté, c'eſt d'entrer dans le détail des matiéres de diſcution. Soutiendront-ils que les draps d'Angleterre valent mieux que les nôtres ? On ſait par expérience que nos draps ſont plus maniables & de meilleur uſer, & que ceux de fabrique Angloiſe ſont durs & ſe coupent d'abord. Prétendront-ils qu'ils ſont plus beaux ? Il faudroit n'avoir jamais vû ni entendu parler des draps de la fameuſe manufacture de Mrs de Vanrobès pour défendre raiſonnablement une pareille opinion. De l'aveu de tout le monde, il n'y en a pas qui leur ſoient comparables en beauté. Ils ont encore cet avantage ſur les autres ; ils ſont plus moëleux, plus ſouples, plus doux & durent plus long-temps. Je pourrois, je crois, me diſpenſer de parler de nos étoffes de ſoye, d'or & d'argent, & des deſſeins inimitables ſur leſquelles elles ſont travaillées. Chacun eſt convaincu de la perfection des ouvrages de Lion & de Tours. Les Etrangers ſe ſont donné juſqu'à préſent des ſoins & des peines inutiles pour les contrefaire : il ne leur a même ſervi de rien de nous débaucher nos fabriquants & nos deſſinateurs.

Ne ſembleroit-il pas à voir le peu de ſuccès de leurs diſpendieuſes tentatives, que c'eſt ici le terrein où germent les vrais talents, & que tranſplantés ailleurs, ils dégénérent comme certaines graines dont les fruits ne ſont bons que dans le ſol qui leur eſt propre. Ce qui me feroit croire que mon obſervation à cet égard n'eſt pas ſans fondement, c'eſt qu'il a beau nous déſerter du monde, les autres peuples ne s'en trouvent pas mieux & nous ne nous en trouvons pas plus mal....

Cependant, ne perdons pas de vûe l'objet que nous nous ſommes propoſé & pourſuivons notre examen.

Je ne dirai rien de l'écarlate, de nos galons, de nos bas de Paris & de nos chapeaux. Perſonne n'ignore aujourd'hui que ces marchandiſes ſont incomparablement plus belles & d'un meilleur uſer que celles des Anglois. Mais, qui ne ſera pas émerveillé à l'aſpect de notre manufacture des Gobelins ? Eſt-il poſſible de pouſſer l'art à un dégré de perfection plus éminent ? Quelle noblesse, quelle correction, quelle variété dans les desseins ! que de vivacité dans les couleurs ! que d'ame dans les figures ! ne diroit-on pas que Minerve elle-même préside à ces Ouvrages divins & conduit la main des Ouvriers ? Quant à notre porcelaine de Vincennes, si les suites ne démentent pas les espérances que ses premiers succès nous ont mis en droit de former, il y a tout lieu de croire qu'elle pourroit un jour faire considérablement baisser de prix celles de Saxe & du Japon. Autrefois les glaces de Venise étoient les seules à la mode : maintenant ce sont les nôtres que l'on estime le plus. Nous surpassons tont ce qu'on fait de mieux en ce genre, tant pour la blancheur & le poli que pour la grandeur. Il y a quelques années qu'il n'êtoit pas permis d'avoir une bonne montre qui ne vînt d'Angleterre : aujourd'hui les Horlogers

gers de Paris en fourniſſent à toute l'Europe. Le célébre Julien le Roy ne ſauroit y ſuffire ; & ce qui doit bien le flater c'eſt qu'à Londres même chacun veut avoir des montres de ſa façon.

L'empreſſement que les Etrangers témoignent pour nos bijoux, eſt, je crois, une preuve aſſez convaincante qu'on ne réuſſit pas ailleurs auſſi parfaitement que nous en cette partie. Où trouvera-t-on un homme tel que le fameux Germain pour l'Orfévrerie ? Quelle délicateſſe, quelle goût, quelle nobleſſe régnent dans ſes ouvrages ! tout en eſt fini, tout en eſt beau. Les Anglois n'oppoſent à ces chef-d'œuvres de l'art que des morceaux en filigrane ſurchargés d'ornements gotiques & confus.

Si j'ai pouſſé ces obſervations un peu

plus loin que je ne devois, c'eſt à mon zéle extrême pour la vérité & pour mes compatriotes qu'il faut en attribuer la cauſe. Un motif ſi louable porte ſon excuſe avec ſoi.

Revenons aux judicieuſes réflexions de M. l'Abbé le B. . . après avoir calculé le mérite & les ſuprêmes qualités Lett. II. des Anglois, il décide que quelques vertus de plus les rendroient le premier peuple de la terre. Ne ſeroit-on pas en droit de lui demander combien il leur Lett. III. faudroit de vices de moins ? M. l'Abbé ajoute qu'on veut aujourd'hui que nous les regardions comme nos modéles. Je ſuis très aſſuré que perſonne ne le veut & ne le voudra jamais. On voit, je l'avoue, depuis quelque temps nombre de fous afficher à l'imitation des Anglois l'indécence & la malpropreté & ſe montrer effrontément dans les lieux les plus reſpectables, empaquetés d'une grande vilaine caſaque, crotés juſqu'aux épaules, les cheveux retrouſſés avec un peigne ſous le chapeau, & un couteau de cuiſine colé ſur la cuiſſe. Mais que peut-on inférer de cela ? que ce ſont des fous qui en imitent d'autres ; & que des fous n'étant comptés pour rien dans la ſociété, leur impertinent exemple n'eſt pas une régle à laquelle les gens raiſonnables ſoient obligés de ſe conformer.

M. l'Abbé le B... qui vraiſemblablement n'a pas deſſein de nous gâter, dit que nous ſommes le plus léger & le plus inconſtant de tous les Peuples. A la bonne heure : nôtre inconſtance nous tiendra lieu de raiſon : l'inconſtance nous a guéri des Pantins ; il faut eſpérer qu'elle nous guérira des Anglois. Lett. IV.

Je ne ſais où notre obſervateur a peché qu'une perruque courte ſans pou- Ibid.

dre, un mouchoir autour du cou, une veste de Matelot, un baton noueux, un ton & des discours grossiers, l'affectation des airs & l'imitation des mœurs du plus bas peuple constituent le petit maître Anglois. C'est tout le contraire. Un petit maître Anglois est une espéce de charge, une imitation ridicule & mal-adroite des nôtres.

Ibid. M. l'Abbé le B... n'est assûrément pas mieux instruit lorsqu'il prétend qu'un Gentil-homme brigue comme une faveur d'être reçû dans la Société des porteurs de chaise. S'il parloit des cas où il s'agit de l'élection d'un membre du Parlement, il auroit raison. Tel qui aspire à cette dignité est souvent obligé de se familiariser & de boire avec les gens de la plus basse condition pour en obtenir les suffrages : mais une pratique crapuleuse dont l'intérêt est le motif, ne prouve pas qu'un Seigneur recherche le commerce de la canaille, ni que les porteurs de chaiſe ſoient admis dans le *Club* * des Pairs du Roïaume.

Voici, par exemple, ce que M. l'Abbé ne perſuadera à perſonne, qu'un François eſt mieux accueilli à Londres qu'un Anglois à Paris. Qu'on ſe ſoit empreſſé à le voir comme il le témoigne, cela eſt dans l'ordre. Un Philoſophe de ſa trempe eſt fait pour des diſtinctions auxquelles bien peu de gens ont droit de prétendre. Le mérite ſupérieur a le privilége de ſe faire jour par tout. Nous liſons dans la Fable qu'Orphée avoit l'art d'apprivoiſer les Ours & les bêtes les plus féroces par les ſons enchanteurs qu'il tiroit de ſa Lire. Le vrai ſens de cette ingénieuſe fiction eſt qu'Orphée poſſédoit au plus haut degré Lett. V.

* Cabaret où pluſieurs perſonnes à peu près de même état ſe trouvent une fois la ſemaine pour manger & converſer enſemble.

le talent de la parole & que par la douceur de ſes diſcours il captivoit les eſprits & triomphoit des cœurs. A qui l'application de cette moralité eſt-elle plus légitimement dûe qu'à M. l'Abbé le B... ? Son éloquence a fait en Angleterre ce que l'éloquence du Chantre de la Thrace fit dans la Gréce.

Lett. 28. M. l'Abbé veut que la fumée & les brouillards l'aïent empêché pendant huit mois de voir Londres. Ne diroit-on pas que cette Ville eſt un four à chaux, ou un de ces lieux à une certaine latitude méridionale que les brumes éternelles rendent inacceſſibles. Voilà ce qui s'appelle pouſſer l'Hiperbolle un peu au de-là des bornes de la bonne Rhétorique.

Il cite ailleurs comme une marque d'aiſance qu'un Valet prenne ſon thé avant d'aller à la charue. S'il eût vécu en Hollande il ſauroit que les Mendiants des rues le prennent de même. On ſeroit auſſi bien fondé de dire que tout le monde eſt à ſon aiſe en France parce que chacun y mange la ſoupe : mais la ſoupe que nos gueux mangent à l'Hôpital eſt bien différente du potage ſucculent mitonné à grands frais dans la cuiſine du Fermier Général ; & le thé dont le petit peuple fait uſage en Hollande & en Angleterre eſt aſſûrément fort au-deſſous de celui que conſomme le riche Citoïen. N'eſt-il pas ridicule de s'attacher à de pareilles minuties pour prouver l'opulence d'une Nation ?

Mais n'abuſons pas de la patience du Lecteur par une plus longue énumération des bévûes de M. l'Abbé. Il eſt temps d'expoſer aux yeux de nos Anglomanes ce que ma propre expérience m'a appris de ce Peuple dont ils honorent les qualités les plus indifférentes, les vices même du titre respectable de sagesse & de vertus.

J'ai beaucoup vêcu avec les Anglois: je me suis fait une étude particuliere de les connoître. J'avoue que malgré mon application & mes soins, il ne m'a pas été possible de découvrir comment ils ont pû trouver & trouvent encore aujourd'hui tant de Partisans.

Je suis bien éloigné de leur refuser la justice qui leur est dûe. Ils ont, sans doute, chez eux des personnes d'un mérite distingué dans plusieurs genres; mais la Nature les a-t-elle favorisés exclusivement à tout autre Peuple, & cette mere commune d'ailleurs si sage auroit-elle traité en marâtre le reste du genre humain par prédilection pour ceux-ci? Il n'y a que des insensés qui puissent se le persuader. Les talens & l'esprit n'ont point de Patrie ni de demeure fixe ; l'Univers entier eſt leur domaine.

Que l'aveugle préoccupation ceſſe de nous étourdir par les faſtidieux éloges qu'elle prodigue aux Anglois. Qu'elle ne nous vante pas les progrès miraculeux qu'ils ont faits dans la pénible carriere des Sciences & des Arts. Le bénéfice & le fruit de leurs laborieuſes veilles ne dépoſent pas en leur faveur. Je veux qu'ils ſoient les premiers ſpéculateurs du monde ; que les calculs les plus abſtraits & les plus fatiguans leur ſervent de délaſſement & de jeu ; qu'à force de méditations & de raiſonnemens métaphiſiques ils évoquent , pour ainſi dire, la Nature, & l'obligent à leur révéler ce qu'elle a de plus ſécret. D'accord ; mais, que revient-il à la ſociété de leurs doctes & profondes ſpéculations ? Les ouvrages les plus méthodiquement obſcurs, les ſyſtêmes les plus frivoles, & les rêves les plus extravagans qu'il ſoit poſſible d'imaginer. Rendons graces au Ciel de ne nous avoir pas fait naître avec des diſpoſitions ſi contraires au repos de la vie & ſi peu néceſſaires au bien général. Il eſt étonnant que des gens qui ſe ſont donnés juſqu'aujourd'hui tant de peines pour acquerir des connoiſſances, ayent ſi peu de part aux inventions qui ont fait le plus d'honneur à l'eſprit humain. Il eſt encore bien plus étonnant qu'on nous rompe ſans ceſſe les oreilles du prétendu mérite des Anglois, & qu'on ne diſe jamais mot des Italiens & des Allemands à qui l'on doit les plus ſublimes & les plus utiles découvertes.

Si la célébrité de quelques particuliers en Angleterre influe ſur toute la Nation, il me paroît juſte que la réputation de ceux qui ſe ſont rendus recommandables ailleurs réjailliſſe de même ſur le corps entier de leurs concitoyens. La prérogative doit être égale. Cela posé, les Prussiens seront tous Astronomes, puisque Copernic est né parmi eux. Tycobrahé naquit en Dannemarc, Galilée à Florence : donc les Danois & les Florentins seront indistinctement en état de raisonner avec justesse du cours des Astres & du mouvement des Corps Célestes. Un bossu ne seroit-il pas aussi-bien fondé de se piquer de belle taille, parce qu'il auroit pour parent ou pour compatriote l'homme du monde le mieux fait ?

En s'appropriant ainsi le mérite d'autrui, les Anglois ouvrent à notre amour propre un champ plus flateur qu'ils ne pensent. Nous avons chez nous tant de personnages illustres à leur opposer, que je ne vois pas qu'on puisse avec raison nous contester le droit de prééminence.

La Philoſophie & la Géométrie ont fait, à la vérité, depuis environ deux ſiécles de très-grands progrès en Angleterre. On ſeroit bien injuſte ou bien aveugle de ne pas reconnoître le fameux Newton pour un des plus grands hommes qu'il y ait jamais eu : mais ſans Gaſſendi & ſans Deſcartes auroit-il percé auſſi loin qu'il a fait ? Il ne m'appartient pas de décider entre des Philoſophes de cette claſſe. Je me contenterai de dire que ſi Gaſſendi & Deſcartes ont erré, Newton leur a peut-être obligation d'avoir pris la meilleure voye & de ne s'être pas égaré.

Il ne fut jamais, dit M. de Volt., un eſprit plus ſage, plus méthodique, un Logicien plus exact que M. Locke. Cela eſt vrai ; mais de tous ceux qui ont cultivé la Philoſophie morale, je ne crois pas qu'il ait jamais exiſté un génie tel que Montagne. Malgré le déſordre qui régne dans ſes eſſais ; malgré le Scepticiſme qui en fait la baſe, ſes réfléxions ſont ſi judicieuſes & ſi ſolides, ſon ſtile eſt ſi hardi, ſa façon de s'exprimer a tant de graces & de naturel, que je ne ſuis point ſurpris qu'une infinité d'Ecrivains célébres ſe ſoient efforcés de l'imiter, & que M. Locke même l'ait aſſez eſtimé pour lui emprunter diverſes penſées dont il a paré ſes écrits.

Je craindrois avec juſtice de profaner un nom tel que celui du Chacelier Bacon, ſi après le témoignage équitable que M. de Volt. rend à ſa mémoire, je m'aviſois de vouloir ſémer des fleurs ſur ſes cendres. Le lot des eſprits médiocres eſt d'applaudir dans le ſécret du cœur, & de laiſſer aux hommes extraordinaires le ſoin de célébrer leurs ſemblables.

Il ſeroit à ſouhaiter que notre illuſtre

Compatriote diſtribuât toujours auſſi judicieuſement ſes louanges, & que le ſeul mérite en fût toujours l'objet. C'eſt avilir ſon encens que de le faire fumer pour ceux qui n'en ſont pas dignes. On ne ſçauroit rien ajouter aux traits ſublimes dont il peint M. Pope. Le juſte tribut qu'il paye aux talens de M. Addiſſon & du Doyen Swift fait l'éloge de ſon diſcernement : mais ne peut-on pas lui reprocher de proſtituer ſa plume, lorſqu'entraîné par la fantaiſie de trouver tout admirable, il loue indiſtinctement ce qui s'offre à ſon imagination, & nous donne pour de grands Poétes Milord Halifax, les Ducs de Buckingham & le Comédien Cibber ?

Si nous prenions la peine d'inſcrire dans nos faſtes littéraires tous les Grimauds & les Roquets qui ont eſſayé d'avoir commerce avec les Muſes, les beaux eſprits ſeroient trop communs en

France, & les gens raiſonnables ſe feroient preſque honneur d'être réputés des ſots, afin de ſe tirer de la foule & de n'être pas confondus.

Suppoſons pourtant que ces Ecrivains qu'on ne connoîtroit peut-être pas ſans M. de Volt., ſoient tous dignes des applaudiſſemens qu'il leur prodigue, qui ſont-ils au prix des nôtres? Les plus célébres même, ceux du premier rang ſont-ils comparables à la Roche-foucauld, à Paſcal, à la Bruyere, à Bayle, à Boſſuet, à Fenelon; en un mot, à l'inimitable Monteſquieu? J'en pourrois citer une infinité d'autres dont les noms précieux ſont empreints du ſceau de l'immortalité; mais quand on peut accabler ſon ennemi par la ſeule valeur, qu'a t-on beſoin du nombre ?

Une choſe bien glorieuſe pour nous, c'eſt que nos bons Livres ſont répandus par toute l'Europe. Le charmant & naïf Lafontaine, Deſpreaux & le fameux Rouſſeau, le Grand Corneille, Racine & Moliere ſont en tous Pays : les meilleurs Auteurs Anglois ſe trouvent à peine dans quelques cabinets de Curieux. Leurs Partiſans objecteront que la Langue Angloiſe n'eſt pas auſſi générale que la Françoiſe. Donc nôtre Langue vaut mieux que la leur ; ou ſi ce n'eſt pas nôtre Langue, c'eſt néceſſairement nous qui valons mieux qu'eux. En effet, quelle apparence que les Etrangers priſſent gratuitement la peine d'apprendre le François, & le préféraſſent ſans raiſon à tout autre Langage ?

N'en doutons pas, c'eſt le bon goût qui régne dans nos ouvrages, c'eſt la douceur de notre commerce, & notre affabilité, ce ſont nos uſages & nos modes qui nous méritent cette diſtinction de leur part.

Aujourd'hui

Aujourd'hui la Langue Françoiſe eſt en Europe ce que la Langue Grecque fut autrefois en Aſie après les Conquêtes d'Alexandre, & ce qu'elle fut depuis à Rome. Enfin, que dirai-je de plus à notre avantage? Il n'eſt preſque pas une Cour au monde où l'on ne parle François, & il en eſt peu dans notre Continent où l'on ne ſe pique d'en avoir l'air & les maniéres. Je défie qu'on m'en cite une où l'on ſe ſoit jamais aviſé d'imiter la politeſſe, la galanterie, la gayeté & la noble démarche des Anglois.

Avant de changer de matiére n'oublions pas leurs Spectacles. Nous n'avions encore que des treteaux, dit M. de Volt., que les Anglois avoient un théâtre. Oui, mais le changement de nos treteaux en Scénes honnêtes & décentes prouve que nous ne ſommes pas un Peuple incorrigible. Il s'en faut bien qu'on puiſſe dire la même choſe de ces Messieurs. Ils sont encore à présent ce qu'ils étoient il y a près de deux siécles. La férocité & la bizarerie de leur caractere, la licence & l'irrégularité se sont perpétuées dans leurs drames. La Comédie en France est l'école des bonnes mœurs, de la bienséance & de la vertu. En Angleterre, c'est l'école du libertinage, de la débauche & de la corruption.

Ceux qui voudront s'instruire plus à fonds sur ce sujet peuvent lire les traductions que nous avons de plusieurs Piéces Angloises. Ils verront malgré les soins qu'on s'est donnés de les purger de ce qu'elles ont d'obscéne & de grossier, & d'en rectifier le goût & le mauvais ton, que ce sont plûtôt des farces pour amuser la lie du peuple, que pour récréer les honnêtes gens.

La Cabale Anglomane voudroit vainement élever Shakeſpear au premier rang des Auteurs dramatiques : le mê-lange monſtrueux de ſublime, de frap-pant & de terrible, de rampant, de boufon & de puerile dont ſes ouvrages ſont tiſſus, ne ſçauroit préſenter aux yeux de tout homme ſenſé qu'un fou qui a quelquefois de bons momens.

Je finis cet article par une déciſion en notre faveur à laquelle je ne ſçache pas de réplique. On joue aujourd'hui la Comédie Françoiſe dans toutes les Cours d'Allemagne & du Nord. Il ſeroit ridicule de penſer que les Etrangers fuſ-ſent des dupes ; & ſur-tout que l'élite des perſonnes du plus haut parage & les Souverains de ces vaſtes Contrées n'euſſent ni goût ni bon ſens. Il ne ſe-roit pas moins abſurde de croire que les ſuffrages réunis, & l'unanimité de tant de Nations diverſes fuſſent équivoques. On peut donc décider avec aſſurance que la Comédie Françoiſe étant plus univerſelle & plus ſuivie doit être la meilleure. Le même argument donne gain de cauſe aux Muſiciens Italiens ſur les nôtres. L'Opera Italien eſt applaudi & reçû par-tout, l'Opera François ne l'eſt nulle part : donc la Muſique Italienne eſt ſupérieure à la Françoiſe. Je ne vois point de réponſe à cela.

J'aurois envie de paſſer ſous ſilence les vertus bélliqueuſes des Anglois ; auſſi-bien que pourrois-je en dire qui ne tournât à leur confuſion ? On ſçait que de tous les Peuples du monde ils ſont les plus ignorans dans la ſcience de la Guerre, & que perſonne n'eſt plus borné qu'eux dans la Tactique & les évolutions, dans l'Art de camper & de ſe poſter avantageuſement, dans les moyens de faire ſubſiſter une Armée ; en un mot, que ce ſont de vrais apprentifs dans la maniere d'attaquer &

de défendre les Places. Néanmoins, croiroit-on qu'avec si peu de suffisance ces orgueilleux Insulaires qui ne sont à proprement parler que des Marchands comme les Holandois, & qui comme eux, s'ils étoient raisonnables, ne devroient s'appliquer qu'à connoître le prix & la qualité des marchandises, à distinguer celles que l'on peut le mieux débiter & le plus promptement; à calculer, à tenir des livres dans un comptoir, enfin à étudier les moyens les plus surs & les plus courts de faire fortune? Croiroit-on, dis-je, qu'ils se donnassent aujourd'hui pour les enfans chéris de Mars, & qu'ils prétendissent que tout l'Univers doit trembler & plier sous l'effort de leurs armes? Mais, ce qu'il y a de plus incroyable, c'est que malgré l'état d'humiliation actuelle où ils sont réduits, les injures les plus grossieres & les plus outrageantes soient le texte ordinaire sur lequel ils exercent leur mélancolique éloquence dans les infames & froids libelles qu'ils composent contre nous. Qu'est devenue, s'écrient-ils, cette valeur Bretonne à laquelle rien n'osoit résister autrefois ? Avez-vous oublié le tems où vos illustres Peres comptoient leurs jours par les plus brillantes actions ? Ne vous souvient-il plus des siécles glorieux où ce Peuple effeminé, assoupi par la molesse & livré à toutes sortes de sensualités gémissoit sous la pésanteur de nos fers & nous reconnoissoit pour ses Maîtres ? Est-il plus courageux maintenant qu'il ne l'étoit ? Le seriez-vous moins à présent que ne l'étoient vos Ancêtres ?

Voici bien de la Réthorique en pure perte. Cette fastueuse Oraison aboutit à dire qu'ils nous ont souvent battus, quand ils possedoient à titre de Vassaux les meilleures Provinces de la France. C'est un fait qui mérite d'être éclairci.

On feroit bien peu verfé dans la connoiffance de nos Annales, fi l'on ignoroit que lorfque les Anglois jouiffoient du Ponthieu, de la Normandie, du Perche, du Maine, de l'Anjou, de la Touraine, du Limoufin, d'une partie de l'Auvergne, du Poitou tout entier & de la Guyenne jufqu'aux Pyrenées, l'Etat étoit dans une agitation & dans un défordre continuels. On fçait auffi que les Feudataires de la Couronne étoient toujours prêts à fe révolter fous le moindre prétexte, & ne manquoient pas de fe liguer avec les ennemis du Roi dès qu'ils croyoient y trouver leur avantage. Mais dans toutes ces guerres, quels foldats avions-nous à combattre ? nos propres Compatriotes. Et quelque fût alors l'événement de nos querelles, c'étoient toujours des François qui battoient des François.

Au refte, laiffons aux Anglois l'honneur de nous avoir battus eux-mêmes. Que leur en eſt-il reſté ? La mortification d'être enfin dépouillés de tout ce qu'ils occupoient chez nous, & de ſe voir chaſſés & relegués honteuſement dans leur Iſle. Ne vaudroit-il pas mieux pour leur gloire qu'ils n'euſſent jamais mis les piés en France ? J'ai peine à me perſuader qu'on nous eût délogés d'un ſemblable domaine à ſi bon marché.

Quoiqu'il en ſoit il me paroît que les reproches des déclamateurs d'Albion * n'ont pas trop reveillé le courage de leur milice dans cette circonſtance cy. Nous n'avons pas lieu de nous plaindre d'eux, & l'on peut dire qu'à leur Piraterie & à leur brigandage près ce ſont des gens fort traitables & de très bonne compoſition. Il y a pourtant des babillards de par le monde qui ſoutiennent que le ſiége de Minorque au-

* L'Angleterre.

roit été beaucoup plus long & plus meurtrier ſi les Anglois n'euſſent pas manqué d'Eau-de-vie. On les taxe, à la vérité, de ne jamais combattre ſans s'être préalablement muni l'eſtomac de quelques raſades de ce puiſſant confortatif. Ils n'ont donc qu'un courage factice & artificiel ? Cela étant, on peut les appeller des braves à l'Eau-de-vie. Plût à Dieu leur manquât-elle ſouvent pour le bien de nos affaires !

Jettons maintenant un petit coup d'œil ſur le gouvernement tant exalté de ces Précepteurs du Genre humain.

Si l'on veut les en croire, ils ſont le Peuple de la terre le plus libre & le plus heureux. Je ne vois pas trop que leur liberté & l'avantage qui en réſulte puiſſe faire envie à aucune Nation de l'Europe. Ils ſeroient peut-être bien embarraſſés d'expliquer en quoi conſiſte leur indépendance & leur félicité. N'auroient-ils point pris juſqu'aujourd'hui l'ombre pour le corps ? Et Idolâtres aveugles d'un phantôme ſéducteur n'auroient-ils pas adoré le nom pour la choſe même ? En effet quelle eſt cette Liberté qui les rend ſi fiers ? Eſt-ce le droit féroce de pouvoir inſulter impunément à la Majeſté Roïale ? Eſt-ce cette égalité parfaite & ſi bien établie entre les premiers Citoïens & la plus vile populace, que le Crocheteur ait le privilége de ſe coleter avec l'honnête homme, qu'un Pair du Roïaume qui ſouvent eſt le ſoutien de ſa Patrie, deſcende de ſon caroſſe pour répondre au défi d'un malheureux que le gibet attend ? Eſt-ce enfin le privilége infâme de violer le droit ſacré des Nations par les avanies éternelles que la Canaille fait aux Etrangers ? En bonne foi, ſi c'eſt là ce qu'on appelle Liberté, ne ſeroit-il pas plus avantageux pour les honnêtes gens que l'on vécut ſous un joug paiſible ? Au moins le mérite, le rang, & la naiſſance ſeroient diſtingués ; & le Peuple effréné, aſſujetti à la rigueur des Loix, trouveroit dans la ſubordination & l'obéïſſance pour leſquelles il eſt fait, le bonheur qu'il n'eſt point capable de ſe procurer lui-même. Quoi, diront les partiſans de la Démocratie, peut-on s'aſſûrer du bien général ſur le caprice d'un ſeul homme ? Je ne dis pas que cela n'ait ſes inconvénients : mais ſans entrer dans une diſcution ſi ſouvent agitée de l'Excellence de l'Etat Monarchique ou du Républicain, le Gouvernement populaire des Anglois eſt-il plus tranquille que celui des diverſes autres Puiſſanſances ? L'eſt-il même autant ? Si l'on conſidére les troubles qui regnent éternellement dans les deux Chambres, la brigue, la perfidie des Membres envers ceux qui les ont élûs, les vûes d'intérêt & d'agrandiſſement des uns & des autres, le partage en un mot, de ce fameux Sénat vendu à la Cour ou à la République par des motifs également injuſtes, toujours couvers du Vernis de l'équité : quelle idée, je le demande aux Anglois même, doit-on ſe former de leur bonheur ? Et quels fonds oſent-ils faire ſur des hommes qui moins occupés du bien général que du leur propre, ſont éternellement diviſés, & ne ſemblent jamais s'accorder que pour écraſer le Citoïen, & profiter de ſes malheurs ?

Perſonne ne revoque en doute que la liberté ne ſoit de tous les biens humains le plus précieux dont on puiſſe jouir : mais elle doit avoir ſes bornes, ſans quoi elle dégénere bientôt en licence, & les déſordres affreux qui l'accompagnent néceſſairement ſont mille fois plus funeſtes au bonheur commun, que ne ſçauroient être les ſuites du plus odieux eſclavage. Avouons-le, s'il eſt en Angleterre une Liberté, elle n'exiſte que pour la Canaille. Il ſemble que les Conſtitutions du Roïaume aïent toutes été faites en ſa faveur. On pourroit dire même que le Bas Peuple à Londres eſt au-deſſus de la Loi par l'abus continuel qu'il en fait. Ne ſoyons donc pas ſurpris que les façons groſſiéres & ſauvages régnent ſi généralement dans un païs oú l'excrément des humains a tant de prérogatives & où les honnêtes gens en ont ſi peu. Dès que les petits donneront le ton & ſeront les plus forts, leurs mœurs ſeront les mœurs dominantes, & la Ruſticité percera juſqu'au plus haut rang. En France & partout ailleurs, il eſt rare qu'un homme de qualité ne paroiſſe pas ce qu'il eſt : ſon extérieur le décéle preſque toujours. En Angleterre, rien n'eſt plus facile que de ſi méprendre. Souvent le Lord & le Ruſtre ne différent que par la naiſſance.

On ne doit pas s'attendre que la Jeuneſſe Angloiſe ſoit élevée d'une maniere fort diſtinguée : l'éducation qui a pour principe un caractere vicieux ne ſauroit être bonne. Je conviens que la nôtre eſt encore bien éloignée de la perfection. Le temps conſidérable que nous ſacrifions au Collége pourroit mieux s'emploïer. Heureuſement on n'y perd pas de vûe la partie eſſentielle & la plus néceſſaire ; je veux dire la ſcience du monde & le ſavoir vivre. Si nous ſortons des Ecoles moins chargés d'érudition claſſique que les Anglois , nous avons ſur eux l'avantage d'être mieux éduqués & de ne point paroître tombés des nues, lorſque nous entrons dans la Société.

La qualité de bon écolier ſuppoſe toutes les autres chez ces Meſſieurs. Quelqu'un qui aura paſſé un tiers de ſa vie dans l'Univerſité d'Oxford ou de Cambridge à s'enivrer, fumer, jurer & ce qui s'enſuit, pourvû qu'il entende ſon Homére, on le regardera comme un ſujet du premier mérite : ce ne ſera pourtant au pié de la lettre, qu'un ſot, qu'un ſauvage ſans contenance qui ne deſſérera les dents que pour dire des miſeres.

A propos d'Originaux de cette eſpéce : le célébre Bentley lorſqu'il étoit à Paris fit une viſite à la Comteſſe de Ferrers. Elle avoit ce jour-là grande compagnie. Notre Docteur qui n'êtoit rien moins qu'accoutumé au beau monde, ſe trouva ſi embarraſſé, qu'il ne ſavoit quel maintien garder, ni comment ſe tenir ſur ſa chaiſe. Quand il fut ſorti on demanda à Madame de Ferrers qui il étoit. C'eſt un homme, répondit-elle, ſi ſavant qu'il peut vous dire en Grec & en Hebreu ce que c'eſt qu'une Eſcabelle, mais qui ne ſait pas s'en ſervir. On ne ſauroit mieux apprécier par un ſeul trait d'eſprit la valeur intrinſéque de ces débrouilleurs d'Idiômes. A quoi ſe réduit en effet leur mérite ? A bien peu de choſe. Je ne doute pas qu'un bon Cordonnier ne ſoit plus utile à ſa Patrie que de pareils gens. Quoiqu'il en ſoit, la ſotte manie des Langues mortes eſt tellement dominante en Angleterre, qu'un Mylord ſera plus glorieux d'entendre les différents Dialectes Grecs que de ſavoir vivre.

Je ne conçois pas qu'une Nation qui prétend être la plus raiſonnable, s'applique à des connoiſſances ſi frivoles, & ſemble tirer vanité d'ignorer les plus importantes ; c'eſt-à-dire, celles qui façonnent les hommes & concourent aux

agréments

de la Societé dans le commerce de la vie. La complaiſance, les égards mutuels ſont au ſentiment des Anglois des vertus grimaciéres dont la pratique ne convient qu'à des Eſclaves. Ils veulent être libres juſques dans la groſſiéreté. Au reſte, ce qui nuit le plus à leur éducation, c'eſt le mauvais choix que l'on fait des perſonnes à la conduite deſquelles on les livre. Souvent leurs Mentors ſeroient plus propres à les habiller, & ſervir au buffet, qu'à les inſtruire des uſages du monde, & à leur inſpirer des ſentiments dignes de leur naiſſance. Un échapé des Montagnes de la Suiſſe, ou un Prédicateur de l'Evangile de Calvin, eſt d'ordinaire le digne compagnon de leurs voïages, & preſque toujours le Miniſtre complaiſant de leurs débauches, & de leur crapule. De-là vient que tant de Seigneurs après pluſieurs années d'abſence ne rapportent chez eux pour tout fruit de l'argent qu'ils ont ſottement prodigué, que des vices de plus & une brillante garde-robe.

Quoiqu'il n'y ait point de Peuple qui voïage autant que les Anglois, il n'y en a pas de moins instruits des coutumes & des mœurs étrangeres. La raison de cela, c'est qu'ils ne fraïent communément qu'avec les gens de leur Nation, & que l'Angleterre & Londres les suivent, pour ainsi dire, par tout où ils vont. Aveuglément préoccupés contre ceux qui n'ont pas le bonheur d'être nés dans la grande Bretagne, ils se regardent comme une espéce intermédiaire entre les Héros & les Dieux, & croiroient déroger à la Noblesse de leur être, s'ils se prêtoient au commerce des Etrangers. Aussi, à quoi cette orgueilleuse & ridicule manie les reduit-elle? A boire mélancoliquement entr'eux les trois quarts du jour, à fréquenter sans goût les Spectacles, & se réjouir avec flegme dans quelque

Sérail public. La belle occupation pour des gens qui veulent éclairer le monde ! on ne doit pas être ſurpris qu'après un temps ſi mal emploïé, ils regagnent le Païs natal l'eſprit plein de préjugés : mais, ce qui doit étonner ; c'eſt de les entendre faire le Procès à tous les Peuples de l'Europe d'un ton plus poſitif, que s'ils les avoient ſérieuſement étudiés : quoiqu'à dire le vrai, ils n'aïent vû dans le cours de leurs voïages, que des grands chemins, des édifices & des ruës.

En vérité, quand je fais réflexion ſur tant d'impertinences, je ne ſaurois m'imaginer que ceux qui les ont baptiſés du nom de ſages aïent été de bonne foi, ou bien il faut avouer que les Parains ne ſont guéres moins dignes des Petites Maiſons que les Filleuls.

Nous ſommes la ſeule nation de l'Univers que les Anglois ne méprisent pas. En revanche ils nous font l'honneur de nous haïr avec toute la cordialité possible. Leur aversion pour nous est un sentiment qu'on leur inculque dès le berceau. Avant de savoir qu'il y a un Dieu à servir, ils savent qu'il y a des François à détester, & les premieres paroles qu'ils peuvent bégaier, ce sont des imprécations contre nous, le Prétendant & le Pape. Une chose qui doit nous flater, c'est que tout étranger à Londres, est toujours un *French dog* *, lorsqu'il se fait remarquer par sa bonne mine & ses ajustements. Comme il est généralement décidé que les graces & la politesse sont l'appanage des François : quiconque a la hardiesse de montrer en Public une démarche aisée, un air noble & distingué, des manieres prévenantes, est sûr d'exciter la risée, non seulement de la plus méprisable

* Chien de François.

canaille ; mais même de ce qu'on appelleroit en tout autre endroit d'honnêtes gens. Le ſeul moyen de ſe dérober à leurs avanies, c'eſt de prendre, s'il ſe peut, avec leur habit leur groſſiéreté ; de copier cet air bruſque, gauche & mauſſade qui accompagne toutes leurs actions ; de tordre le poignet en ſigne d'amitié aux perſonnes que l'on connoît, d'être civil avec impoliteſſe, d'affecter le négligé juſqu'à paroître aux Spectacles en papillotes : en un mot, de ſe moucher avec les doigts, & d'exhaler en pourceau le ſuperflu de l'air par les extrémités oppoſées. Il eſt certain qu'un homme qui peut prendre ſur ſoi d'imiter toutes ces gentilleſſes eſt à couvert de l'inſulte. J'avoue que la délicateſſe & le ſavoir vivre répugnent à une pareille contrainte ; mais néceſſité n'a pas de loi. Il faut heurler avec les loups, ou ſi la comparaiſon eſt meilleure, avec les

Nous avons un Proverbe trivial qui dit qu'il n'y a plus d'amis quand la riviere eſt paſſée. Cette façon de parler ne ſauroit mieux s'appliquer qu'aux Anglois. Lorſque, contre leur coutume ils ont contracté quelques liaiſons dans les Païs Etrangers, elles ſont oubliées pour toujours dès qu'ils ont repaſſé le détroit de Calais. Les eaux de ce petit trajet font ſur eux le même changement que produiroient celles du fleuve Lethé. Tranſportez-vous dans leur Iſle auſſi-tôt qu'ils y ſont arrivés ; on ne vous connoît plus ; & ſi par cas fortuit on ſe retrace quelque foible idée de votre perſonne, c'eſt pour vous accabler de l'indifférence la plus humiliante, ou vous propoſer un mauvais picquenic à la Taverne. Tout homme né ſenſible & délicat ſe récriera d'abord contre des procédés ſi étranges, & taxera les Anglois de la plus baſſe ingratitude. Mais, voici ce qu'ils répondront à ſes reproches. S'il eſt vrai qu'un Souverain qui dédaigne de reconnoître les égards, les ſoumiſſions, & le zéle reſpectueux qu'on s'empreſſe de lui témoigner, ne peut être mis au rang des ingrats, par la raiſon qu'on lui doit tout & qu'il ne doit rien ; qu'oſe-t-on attendre de nous qui par la ſupériorité de notre eſprit, de notre valeur, & de nos talents nous ſommes acquis une ſorte de ſouveraineté ſur le monde entier ? Avoir de la déférence, des attentions pour nous, aller au-devant de ce qui peut nous flatter, nous prévenir en tout, c'eſt s'acquitter de ce qu'on nous doit, & païer un tribut légitime à notre mérite.

Ne ſoïons cependant pas dupes des gaſconnades de ce Peuple fanfaron : ſon orgueil ne ſauroit lui dérober la connoiſſance de ce que nous valons. Il ne nous haïroit pas tant s'il pouvoit avec raiſon nous méſeſtimer. Le moïen de nous vanger & de le déſeſpérer, c'eſt de ne pas ceſſer de lui fournir des motifs de jalouſie, & de nous rendre s'il ſe peut, plus dignes que jamais d'une haîne dont le principe nous eſt ſi glorieux.

Je ſuis très perſuadé, comme l'illuſtre M. de Monteſquieu l'a crû, que la nature du climat & la qualité des aliments influent beaucoup ſur le caractere & les affections particulieres des hommes. L'expérience eſt plus convaincante que tous les raiſonnements de la Logique. J'ai ſenti pendant mon ſéjour en Angleterre qu'il n'eſt preſque pas poſſible de s'habituer à l'air qu'on y reſpire. Il y a une ſorte de malignité repandue ſous l'Atmoſphere qui met l'eſprit auſſi mal à l'aiſe que le corps. Les variations continuelles du temps y entretiennent ſans ceſſe la mauvaiſe humeur & les infirmités. Le ſang épaiſſi & coagulé par la groſſe viande, la bierre & les brouillards, n'y circule pour ainſi dire que par artifice. On n'y digére qu'à force de mouvement & d'agitation : ce n'eſt enfin qu'en s'y noïant d'eau chaude que l'on réveille ſon eſtomac pareſſeux, & qu'on lui rappelle ſes beſoins. Tout ceci conſidéré, faut-il s'étonner qne des gens qui ne ſauroient faire de bon chile, qu'en obſervant un éternel régime ſoient ſi atrabilaires, & ſi ſauvages. L'affinité de l'eſprit & du corps eſt telle, qu'il eſt bien rare que l'un ne ſe reſſente du mauvais état de l'autre. Regardons les Anglois comme un Peuple de Valétudinaires, le déſagrément de leur commerce ceſſera de nous révolter & nous ne pourrons nous empêcher d'en avoir pitié.

Le ſeul avantage que je ſache à ces

gens-là, ſur nous ; c'eſt qu'ils ont d'excellens chevaux & de très bons chiens ; & n'ont ni Moines ni Loups.

FIN.

www.ingramcontent.com/pod-product-compliance
Ingram Content Group UK Ltd.
Pitfield, Milton Keynes, MK11 3LW, UK
UKHW020349250726
13967UKWH00005B/2191

9 782013 550772